KB145541

가끔은
그렇게 살고 싶다

임숙희 시인

시음사
시사랑음악사랑

희망과 사랑을 찾는 시인 임숙희

　고대 그리스의 "사포"라는 여류시인이 있었다. 그는 아름답고 열정적인 사랑에 관한 시들로 유명하다. 남성 중심의 시대에서 여성도 시를 쓸 수 있다는 사실을 깨닫게 해준 역사에 남을 위인 중 한 명이었다. 근대에 들어서는 에밀리 디킨슨일 것이다. 그는 아마도 미국 문학사상 제일의 여류시인일 것이다. 그는 주로 형이상학적인 주제를 많이 다루었다. 그의 시가 독자들에게 일반적으로 어렵게 받아들여지기도 하지만 인생과 삶이 주는 무게감을 표현해서일 것이다. 우리나라에도 그런 여류 작가가 있었다. 바로 황진이다. 우리나라 사람이라면 누구나 다 아는 여류 시인이다. 이 세 사람의 여류 시인을 다 합친 것 같은 임숙희 시인을 소개하고자 한다.

　오랜 시간에 걸친 옥필을 마치고 이제 막 세상의 모든 것에 사랑을 담아 그 첫 번째 시집을 선보이는 "가끔은 그렇게 살고 싶다"의 저자 임숙희 시인의 작품에서는 때로는 애잔하게 때로는 행복을 담아 때로는 외로운 이를 위해서 쓴 작품들을 볼 수 있다. 시인의 가슴속 모든 사랑의 혼을 태워 피워낸 한 송이 꽃잎 위에 사랑을 표현해 놓은 듯하다. 시작법은 입체성과 역동성을 중시하고 그러면서도 인간의 내면까지도 사랑으로 풀어 보여 주고 있다. 임숙희 시인의 첫 시집 제호 "가끔은 그렇게 살고 싶다"처럼 희망과 의문점들 속에서 살아가고 있는 우리이기에 임숙희 시인의 작품들을 정독할 만하다.

사단법인 창작문학예술인협의회 이사장 김락호

시인의 말

하루를 읊조리며
내 안을 서성이는 감성이
터질 듯이 심장을 옥죄어

밤하늘에 흐르는 별빛
펜 끝에 찍어
삶의 노트에 끄적이며
싸늘히 식어가는
차 한 모금 삼키는 불면의 시간

시 한 구절에
마음의 위안을 받았듯이
수줍은 미소로 내보인 첫 마음

따뜻한 숨결로
누군가의 가슴에 위안이 되어준다면
참 기쁘고 행복하겠습니다. 감사합니다.

더불어
사랑하는 가족과 지인들께
고마운 마음을 전합니다.

시인 임숙희

1부 바람이 참 좋은 날

10	바람이 참 좋은 날
11	봄을 잊은 듯 살아도
12	가끔은 그렇게 살고 싶다
13	홀로 산길을 걸으며
14	들길에 핀 꽃이여
15	벚꽃
16	봄 향기
17	개나리
18	제비꽃
19	여름, 하늘
20	빗방울
21	비에 젖은 민들레 홀씨
22	아카시아 꽃이 지기 전에
23	가을 그대는 누구시기에
24	곱살스러운 햇발
25	가을 호숫가
26	찬 바람이 불면
27	햇살이 참 좋은 날
28	초록 비
29	부끄럼쟁이 첫눈
30	눈
31	동막 해변

2부 사랑, 참 이상해요

34	그대는 햇살
35	당신을 만나 행복합니다
36	사랑, 참 이상해요
37	사랑은
38	당신이 좋은 이유
39	사랑
40	그대라면 행복합니다
41	나의 사랑이신 당신
42	꽃무릇
43	사랑은 뜨거운 커피를 마시듯
44	당신의 마음
45	사랑별 하나
46	네가 있어 참 좋다
47	행복한 바보
48	그대 사진
49	보고 싶은 그대
50	사랑은 그런가 봅니다
51	별들은 알까요
52	당신과 커피 한 잔의 행복
54	사랑의 향기
55	나와 같은 마음이었으면 해요
56	눈이 내립니다
57	사랑은 가슴으로
58	그대와의 만남
59	다시 사랑한다면
60	너를 사랑하나 봐!
61	너에게 쓰는 편지
62	당신이 있음에 감사합니다
64	행복을 주는 사람

3부 슬픈 음악 같은 그리움

66	고독
67	슬픈 음악 같은 그리움
68	따뜻한 커피 한 잔
69	가을빛 그리움
70	장미의 기다림
71	해바라기
72	사랑 그 그리움
73	그리운 사람아
74	가을 뒤안길에 핀 장미
75	떨어지는 낙엽
76	추억
77	별이 속삭여요
78	친구야 그립다
80	그리운 그대는
81	너는 술
82	가을 기다림
83	추억의 찹쌀떡
84	유년의 그 겨울
86	나목의 기다림
87	이별은 언제나 그러하듯
88	당신에게 전화를 걸었습니다
89	비 내리는 밤이면
90	눈 내리는 날에 마시는 커피 한 잔
92	오늘처럼 비 오는 날엔

4부 향기로운 마음

94   그대의 마음 소리

95   세월에 지는 꽃

96   바다

97   참 어렵다

98   하늘을 보렴

99   밤에 피는 꽃

100   촛불을 켭니다

102   우리의 인연

103   별이 되어

104   봄날의 독백

106   아침 길

107   우리, 이랬으면 좋겠습니다.

108   향기로운 마음

110   꽃

112   붉은 포도주 한 잔

114   살다 보면

116   밤에 피는 꽃 2

117   인생의 술잔

118   비 내리는 창가에서

119   이름 모를 꽃

120   방황

122   지하철

123   한 마리 새가 되어

124   좋은 인연으로 다가온 사람

126   깊어가는 가을 마음

QR 코드

제목 : 슬픈 음악 같은 그리움
시낭송 : 박영애
스마트폰으로 QR 코드를 스캔하면
시낭송을 감상할 수 있습니다.

제목 : 바람이 참 좋은 날
시낭송 : 김락호
스마트폰으로 QR 코드를 스캔하면
시낭송을 감상할 수 있습니다.

제목 : 따뜻한 커피 한 잔
시낭송 : 설연화
스마트폰으로 QR 코드를 스캔하면
시낭송을 감상할 수 있습니다.

1부

바람이 참 좋은 날

반짝이는 햇살에
내 모습이 초라해 보여도
가슴으로 함께 웃어주는

마음이 순수한 사람과
바람이 참 좋은 날
나란히 걷고 싶습니다

바람이 참 좋은 날

바람이 참 좋은 날에는
아름다운 선율이 흐르는
바람이 되고 싶습니다

세월의 멍든 가슴 한편에
삼켜야 했던 고인 눈물을
흐르는 바람에 띄우렵니다

반짝이는 햇살에
내 모습이 초라해 보여도
가슴으로 함께 웃어주는

마음이 순수한 사람과
바람이 참 좋은 날
나란히 걷고 싶습니다

봄을 잊은 듯 살아도

세월을 잊은 듯
어둑새벽이 밝아오면
쉼표 없는
도돌이표 일상이 열리고

회색 건물로 둘러싸인
그곳에
언제 피어있었을까
방긋이 웃고 있는
하얀 목련에 다정한 눈 맞춤
살며시 미소 짓게 하네

회색 담장 너머로
터질 것 같은 꽃망울
매화나무에 매달려
덩달아 삐죽이 손을 내밀고

해님을 따라
달님이 벗 되어
봄을 잊은 듯 살아가는
그들의 가슴에
소박하게 아롱지는 봄

가끔은 그렇게 살고 싶다

고운 햇살 살포시 뿌려놓은
은빛 물결 잔잔히 흐르는
호수와 같은 마음으로

바람, 햇살, 공기
자연의 숨소리를 가슴으로 느끼며
내가 나인 시간을 누려본 적이
있었는지 아련하다

찰나의 인생을 살기 위해
반복되는 일상을 벗어나
가끔은
시계 초침 쉼 없이 돌아가는 인생길에
들꽃 향기 은은하게 피워놓고
한편의 아름다운 시를 쓰고 싶다

바람결에 실려 오는 풀잎의 노래
나풀나풀 춤을 추는 나비와 같이
싱그러운 초록 미소 여울지는
맑은 하늘을 우러러보며
가끔은 그렇게 살고 싶다

홀로 산길을 걸으며

호젓한 산길에
사르륵 풀 내음 폴폴
정다운 산새 노랫소리
초록 잎 상긋이 마중 나왔어요

다람쥐 한 마리 폴짝폴짝
반가이 맞아주는 산길을 오르다
작은 꽃 애교에 발길을 멈추고
눈웃음으로 화답하였지요

산들바람 솔솔
톡톡 떨어지는 아카시아
하얀 꽃잎 뿌려놓고
사뿐히 밟고 가라 하네요

저만큼만
저만큼만
오르고 또 오르니

파란 하늘 흰 구름에
초연히 흐르는 내 마음

들길에 핀 꽃이여

찾아주는 이 없어도
스치는 바람에
춤을 추는 꽃이여
외로워하지 말아 주오

불러주는 이 없어도
쏟아지는 햇살에
웃는 꽃이여
슬퍼하지 말아 주오

들길에 그냥
피어 있는 꽃이 아니라오

비와 바람을 견디고
차가운 달빛을 사랑하고
밝은 태양을 꿈꾸며
소중히 피어나는 꽃이라오

벚꽃

휘늘어진 가지에
탐스럽게 열린
연분홍 꽃잎

찬란한 햇빛 아래
눈을 유혹하고
차가운 가슴은 뜨겁다

별빛 흐르는 뜨락에
꽃등 밝히어
황홀한 밤은 깊어가고

바람이 흔들어도
비에 흠뻑 젖어도
화사하게 웃음 짓네

살랑이는 바람
꽃 비 내리니
눈시울 적시는 꽃잎 하나

찬 서리 맞으며 견뎌온
그 아픔이
그 설움에 가슴이 시리다.

봄 향기

차가운 바람결에
실려 오는 따뜻한 숨결
언 가슴 포근히 어루만지네

화사하게 빛나는
햇살 아래
여울지는 봄 향기
바람에 흩날려

앙상한 가지마다
알알이 맺힌 하얀 꿈
연둣빛 사랑이 움트고
봄꽃 사랑으로 피어나리

싱그러운 풀 향기
사푼사푼 걸음마다
풋풋한 봄 향기로 가득하리

개나리

봄빛 너울거리는
담장 아래
메마른 나뭇가지

따뜻한 속삭임에
봉긋이 물오른 꽃망울

살가운 봄볕에
꼭 다문 입술
배시시 웃음 흘리니
귀여운 노란 병아리를 닮았네

제비꽃

어느 산사의 뜨락에
고요히 봄비가 내린다

낙엽 위로 떨어지는 빗방울
겨우내 동여맨 몸을 풀어
젖은 낙엽 사이로
새초롬히 보랏빛 향기 피운다

허리 굽혀 다가간 그곳에
고개 숙인 수줍은 제비꽃
살포시 고개 들어 속삭인다

추운 겨울 잘 지냈느냐고

여름, 하늘

겹겹이 초록 잎 두르고
잔바람에
간드러지게 웃음 흘리는
너를 안고

뜨거운 사랑의 몸짓으로
속삭이는 너의 유혹에

구름 꽃 피워놓고
제멋대로 붓질하는
초라한 두 눈에
살며시 고이는
눈부신 너

아…

저리도 아름다웠던가!

빗방울

또르르 또르르
우산 끝에 대롱거리는
빗방울
발끝에 튕겨 오르고

방울방울
풀잎에 대롱거리는
빗방울
메마른 숲을 적시고

차락차락
하염없이 내리는
아스라한 그리움
내 마음에 방울방울 맺힙니다

비에 젖은 민들레 홀씨

살랑이는 바람에 날아갈까
후~ 불면 날아오를까

탐스러운 자태는 어디 가고
흠뻑 젖은 네 모양이 애처롭다

가냘픈 하얀 깃털 늘어뜨리고
온전히 비바람 맞으며
꿋꿋하게 견디는 민들레 홀씨

맑은 햇살 비추면
활짝 기지개를 켜고 훨훨 날아
아름다운 꽃으로 피어나는
그날을 기다리고 있겠지요

아카시아 꽃이 지기 전에

부드러운 햇살 내려와
푸른 신록을 어루만지는
오월 어느 날

흰 구름 엷게 풀어놓은
맑은 하늘 아래

아카시아 향기
그리움이 짙게 밴
먼 시간 속으로 머물게 하네

푸른 바람결에
달콤한 사랑의 밀어
하얀 꽃잎에 머금고
임 계신 그곳으로 향긋이 가고 싶어라

가을 그대는 누구시기에

한들한들 나뭇잎 사이로
반짝이는 햇살에 마음 흔드는
그대는 누구시기에
이토록
깊은 상념에 젖게 하나요

뜨거웠던 한 계절 사랑
달빛이 살라 먹고
별빛에 잔잔한 사랑으로 여울지는
그대는 누구시기에
긴 밤 지난 추억을 부르나요

지그시 눈을 감고
그대의 향취
그대의 작은 속삭임에
흠뻑 취하고 싶습니다

곱살스러운 햇발

곱살스러운 햇발 아래
사랑옵게 수줍은 듯
다소곳이 피어있는
꽃과 어우러져

새포름히 피어나는
풀잎에 맺힌
이슬 같은 눈망울
푸른 하늘 고이 담고

아스라이 흐르는
흰여울 소리에 스며드는
지난날의 아련한 그리움이
이내 마음 흔들어 놓으면

아릿한 그리움
새털구름으로 피어나
곱게 펼친 푸른 하늘을
보드라운 바람결 따라
사뿐히 날갯짓합니다

* 새포름히 : 산뜻하게 파르스름하다
* 흰여울 : 물이 맑고 깨끗하다

가을 호숫가

가을 햇살이
잔잔한 호수에 오색찬란한
잔물결을 일으키고
여린 가슴엔 설렘을 안겨줍니다

풀 향기 날리는 호숫가에
아침이슬 머금고
청초하게 피어있는
코스모스를 닮은 사람을 만나

풀벌레 소리 정겨운
가을이 익어가는
호숫가 꽃길을

맑은 바람. 투명한 하늘에
뭉게구름 흘러가듯
나긋나긋이 걷고 싶습니다

찬 바람이 불면

산천을 휘감은 가을은
나뭇가지에 덩그러니
외로움을 걸어놓고

여민 옷깃 사이로
그리움을 남기고 떠난
쓸쓸한 자리에
찬 바람이 스며들면

누군가 그립고
누군가 만나
따뜻한 차 한 잔에
도란도란 이야기하고 싶다

찬 바람이 불어와
하얀 꽃송이 나풀거리면
마음 따뜻한 사람과
설꽃 사랑의 밀어를 나누고 싶다

햇살이 참 좋은 날

햇살이 참 좋은 날에는
목적도 없이 목적지도 없이
문득 생각나는 그대와 함께
마냥 걷고 싶어요

걷다가 힘들고 지치면
햇살 부서지는 창가에 앉아
향긋한 차 한 잔 나누고

반짝이는 햇살에 웃는 나뭇잎
스치는 바람에 풀 향기 날리는
한적한 오솔길 빈 벤치에 앉아
사색의 향기에 젖어들고
도란도란 이야기하고 싶어요

햇살 미소 닮은 그대는
보고 또 보고 싶은 사람
그립고 그리운 사람

햇살이 참 좋은 날
문득 그대의 안부가 궁금해요.

초록 비

여린 꽃잎 촉촉이 적시고
풀 향기 그리움으로 오시는
그대는 누구십니까?

시나브로 젖어오는 그리움에
또르르 빗방울 왈츠를 추는
그대는 누구십니까?

하얗게 부서지는 햇살에
싱그러운 푸름을 안겨주시는
그대는 누구시기에

눈이 시리도록
아름다운 세상을 꿈꾸게 하시나요.

부끄럼쟁이 첫눈

알록달록 가을 이야기
바람에 흩날려
거리에 융단을 깔아놓고

부풀어 오르는 설렘
첫눈 내리면 만나자는
기약 없는 약속을 하지요

눈이 오실 것 같은 날이면
하늘을 바라보는
초롱초롱한 눈망울

손꼽아 기다리는
이 마음을 아는지 모르는지
잠든 사이에 사뿐히 다녀가신
부끄럼쟁이 첫눈

눈

하늘하늘
다소곳이 내 품에
내려앉는 하얀 꽃송이

온통
하얀 설렘
송이송이
눈꽃을 피워요

바라만 보아도 좋은
소담히 쌓여 가는
하얀 그 길

한 걸음 한 걸음
뽀드득뽀드득
너와 나의
순백의 이중주

동막 해변

흐린 겨울 하늘에
흰 구름, 여행을 떠나면
이내 마음 덩달아
길을 나섭니다

차창에 빗방울 스치며
굽이진 곡선을 따라
유랑하는 나그네가 되어

수묵으로 붓질해 놓은
흐린 겨울날의 쓸쓸함 마저
아름답게 펼쳐지는
동막 해변을 바라봅니다

파도가 넘실대는 모래 위에
다정한 이들의 발자국 따라
한발 두발 내딛는 마음

아~!

형언할 수 없이 젖어드는
이 느낌
이 행복

2부

사랑, 참 이상해요

무심히 던진 그대 말에
토라지기도 하고
아이처럼 마냥 기분이 좋아져요

밉다가도
사랑스러운 그대 미소에
두근두근 떨리는 마음
참 이상해요

그대는 햇살

화사하게
부서지는 햇살에
눈이 시리다

두 볼을 간지럽히는
햇살의 입맞춤

따스한 숨결
따스한 미소

참 좋다!
그대 같아서.

당신을 만나 행복합니다

보면 볼수록 설레는
생각하면 할수록
기분 좋은 울림을 주는
당신은 참 좋은 사람입니다

소소한 이야기를
소탈하게 나눌 수 있는 사람이
당신이라서 얼마나 좋은지

"차 한잔 할래요."라는 말을
스스럼없이 건넬 수 있는 사람이
당신이라서 얼마나 좋은지

시린 가슴 쓸쓸히 삭이며
홀로 걷는 바람 부는 세상
따스한 품을 내어주는 사람이
당신이라서 참 좋습니다

좋은 당신과 함께하는 하루가
내겐 더 없는 축복입니다

그런 당신을 만나 행복합니다

사랑, 참 이상해요

언제부터인가
멍하니 턱 괴고 허공에
그대 얼굴 그리며
입가에 살며시 미소 지어요

그대, 웃으면
내 얼굴은 웃음꽃 피우고

그대, 힘들어하면
내 가슴은 아파져 오고

무심히 던진 그대 말에
토라지기도 하고
아이처럼 마냥 기분이 좋아져요

밉다가도
사랑스러운 그대 미소에
두근두근 떨리는 마음
참 이상해요

사랑은

알 수 없는 게 사랑이야
온통 설렘으로 흔들어 놓고
다가서면 멀어지려 하고
보내려 하면
자꾸 생각나니 말이다

얄미운 게 사랑이야
밉다가도
배시시 웃게 되니 말이다

사랑은 기다림이야
보일 듯 말듯
잡힐 듯 말듯
가슴이 앓이니 말이다

당신이 좋은 이유

당신이 좋은 이유를
딱 꼬집어 말할 수 없어요

당신을 생각하면
빙그레 웃게 되고

심장은 두근두근
당신을 향해 달음질하거든요

온종일
행복의 샘물을 채워주는 사람이
당신이니까요

사랑

사랑한다
말을 해야 아니

보고 싶다
말을 해야 아니

그리움에 시드는
꽃잎 눈물이
보이지 않니?

사랑은
눈빛만 보아도 알 수 있고

말하지 않아도
가슴으로 느낄 수 있다지만

오늘은
너의 목소리로
사랑한다는 말을 듣고 싶어

그대라면 행복합니다

눈부시게 빛나는
햇살 가득한 호수공원을
함께 걷는 이가
그대라면 행복합니다

가끔 다정한 눈빛 나누며
무상무념의 시간을
함께 걷는 이가
그대라면 행복합니다

부드러운 바람결에
반짝이는 은빛 물결 따라
흐르는 세월의 그림을
함께 그리는 이가
그대라면 행복합니다

달빛마저 차가운 호숫가에
찬 서리 맞으며
애절하게 우는 갈대의 눈물을
가슴으로 안아주는 이가
그대라면 행복합니다

나의 사랑이신 당신

마음의 빗장을 열고
따사로운 햇살 품고 들어오는
당신은 나의 사랑입니다

이름 글자만 보아도
어찌할 줄 모르고 뛰는 심장
숨이 멎을 것만 같은
나의 사랑

당신의 촉촉한 눈망울에
야릇하게 떨리는 가슴
할 말을 잃게 하는
당신이 좋기만 합니다

함께하고 싶은 당신에게
오늘은 말하렵니다

입안에서 맴도는 그 말

나의 사랑이신 당신
사랑합니다.

꽃무릇

임을 사랑이라
부르기엔
내 사랑이 부족한가요

달빛, 별빛에
아로새기는 그리움
말간 이슬 머금으면
고운 해님이 품어 주려나요

몇 날 며칠 기다리는
애타는 그리움이 시들어
바람에 흩어진 자리에
임은 소식이 없고

붉디붉은
꽃망울 터트리는
야속한 사랑아

사랑은 뜨거운 커피를 마시듯

사랑은
뜨거운 커피를 마시듯
까만 알갱이 향긋이
부드럽게 퍼지면

쌉싸름한 그리움으로
달콤한 기다림으로

너무 뜨겁지도
너무 차갑지도 않게
따뜻한 온기로 편하게 마시는
한 잔의 커피처럼

사랑도
뜨거운 커피를 마시듯
천천히 음미하자

당신의 마음

나를 사랑하는
당신의 마음을
보고 싶습니다

당신의 사랑이
얼마나 깊은지
살며시
보여줄 수는 없나요

당신의 마음에
켜져 있는 신호등은
무슨 색깔인지
보여줄 수는 없나요

주기만 하는 사랑을
받기만 하는 내 사랑에
당신이 행복한지
보고 싶습니다

사랑별 하나

바람이 휭~불어오는
이 밤에 문득
보고 싶은 그대여

쏟아지는 별 중에
가슴을 파고드는
사랑별 하나

따스한 커피 한 잔에 띄워
그대에게 보내드릴게요

네가 있어 참 좋다

오늘 하루 지친 마음에
고운 단비 내려
곱디고운 꽃 한 송이 피워놓고
기분 좋은 설렘으로 빙긋이 웃게 하는
네가 있어 참 좋다

잘 다듬어진 아름다운 보석보다
소박하고 투박한 모습 속에 감추어진
다정하고 편안함을 안겨주는
네가 있어 참 좋다

꾸밈없는 마음으로
하양이 드러내고 마주 보며
활짝 웃을 수 있는 사람이
너라서 참 좋다.

행복한 바보

해맑게 웃는 그대 눈망울에
머릿속은 하얀 도화지

그 무엇으로도 대신할 수 없는
나의 꿈, 나의 사랑
그대를 사랑하는 마음
하얀 도화지에 그리리

생각만으로도
빙그레 웃음 머금게 하는 그대
행복으로 부풀어 오르는 내 마음

그대 표정 하나에
그대 작은 몸짓 하나에
내 마음은 흐렸다, 맑았다
난 세상에서 가장 행복한 바보

그대 사진

햇살이 별처럼
쏟아지는 창가에
해맑게 웃고 있는
사진 속 그대는

마음이 울적해지면
"괜찮아질 거야"
토닥여 주고

힘겨운 날이면
"잘 될 거야 힘내"
용기를 주네요

언제나 그 자리에
한결같이 웃고 있는
그대를 바라보는
눈망울에 이슬이 맺혀요

그대 너무 보고 파서요

보고 싶은 그대

어둠이 짙게 깔린
비릿한 바닷내음
정겨움으로 가슴 깊이 스며들고

일렁이는 달빛 따라
알알이 맺히는 이슬방울 되어
떠오르는 그대 얼굴

차갑게 휘감아 오는 바람
따스한 그대 숨결인 양
두 팔 벌려 살포시 안아본다

지금쯤 무엇을 하고 있는지
그대도 내 생각을 하는지
자꾸만 보고 싶어지는 그대

뽀얀 그대를 닮은 달님은
내 마음 아는지 모르는지
밝은 미소만 짓고 있다

사랑은 그런가 봅니다

사랑하는 사람이 곁에 있어도
뜻 모를 외로움에 시린 가슴
쓸어내릴 때가 있습니다

사랑하는 사람이 곁에 있어도
일상을 벗어나 어디론가
무작정 떠나고 싶을 때가 있습니다

사랑하는 사람이 곁에 있어도
채워지지 않는 빈 가슴은
남몰래 눈물을 감추고 애꿎은
사랑만 탓합니다

사랑은 그런가 봅니다
주기만 해도 늘 부족하기만 하고
받기만 해도 채워지지 않는 마음

그러기에 사랑은
평생을 함께 나누고 가꾸어야 하는
영혼이 함께하는 동반자인가 봅니다

별들은 알까요

애틋한 그리움은
달빛 하늘에
그대 얼굴 그리며
가슴에 별을 끌어안고

그대 창가에
별빛 사랑으로 아롱지는
달콤한 꿈을 꾸는 외사랑을

달무리 지는 하늘에
총총히 걸어둔
별들은 알까요?

당신과 커피 한 잔의 행복

바쁜 삶 속에서 지친 마음
당신의 위로를 받고 싶은 날이 있습니다
당신이 보고 싶은 그런 날이 있습니다

당신과 함께라면
갈색 커피향 그윽한
작은 화분이 놓여있는
아담한 카페도 괜찮고

풀꽃 향기 바람에 실려
은은하게 퍼지는 공원에서
자판기 커피도 괜찮습니다

커피향 가득한 찻잔에
기쁨, 슬픔 함께 나누는
정겨움의 향기로

바람이 훑고 간 마음자리
따뜻하게 어루만지는
당신의 부드러운 미소 담아
함께 마시는 커피 한 잔은
휴식 같은 행복을 안겨줍니다

바쁜 삶 속에서 지친 마음
당신과 마시는 커피 한 잔에
내 마음은 평온함으로 깃듭니다.

사랑의 향기

불현듯 그대가
생각 나는 날이면

곱게 피어나는 그대 향기
숨이 멎을 것 같은
설렘 부둥켜안고

산들거리는 바람결에
사랑의 향기
그대 곁으로 띄워 보냅니다

나와 같은 마음이었으면 해요

누군가 그리워지는 날
생각 나는 그 사람이
나와 같은 마음이었으면 해요

마음의 위로를 받고 싶은 날
목소리만 들어도
가슴이 따뜻해지는 그 사람이
나와 같은 마음이었으면 해요

언제나 함께하고 싶은 사람
바라만 보아도 좋은 그 사람이
나와 같은 마음으로
활짝 웃었으면 합니다

눈이 내립니다

눈이 내립니다
앙상한 가지 위에
소담히 눈꽃을 피우고

내 가슴엔 그대라는
사랑의 눈꽃을 피워요

가슴이 설렙니다
하염없이 내리는 눈은
하얀 그리움 뿌려놓고
첫눈 같은 그대를 생각하게 해요

흰 눈이 소복이 쌓이면 행복합니다
그대와 순백의 사랑을
꿈꾸게 하니까요

사랑은 가슴으로

미소 속에 감추어진
슬픈 눈동자를 보지 못함은
눈에 보이는 사랑이
전부라 여기기 때문입니다

사랑하는 마음을
말로 다 표현할 수 없기에
입으로만 하는 사랑은
달콤한 향기가 머물 곳이 없습니다

보이지 않는 사랑은
말을 하지 않아도
가슴으로 느낄 수 있기에
이해와 기다림으로
끊임없이 가꾸고 보살펴야 하는
마음의 정원입니다.

그대와의 만남

"만남"
두 글자를 써놓고
그대와의 인연을 떠올립니다

고요히 흐르는 강물 같은
그대와의 만남은
마음길에
아름다운 꽃을 피우는
연못을 만들었지요

향기로운 말을 하지 않아도
언제나 한결같은 마음으로
따스한 향기 가득한 그대

꽃잎은 떨어져 빛을 잃어도
그대 가슴에
시들지 않는 꽃으로 피어나
사랑의 향기로 가득 채우고 싶습니다.

다시 사랑한다면

다시 사랑한다면
그대 사랑하는 이 마음
가슴 깊이 꼭꼭 숨겨두고
그리움에 아파하지 않겠어요

다시 사랑한다면
그대 앞에 서면
초롱초롱한 그대 고운 두 눈에
말문이 막혀 아무 말도 못 하고
머쓱하게 바라만 보는
해바라기 사랑은 안 할래요

다시 사랑한다면
그대를 만난 처음처럼
작은 설렘 안고
순백의 순수한 사랑으로
그대와 영원한 사랑의 꽃 한 송이
피우겠어요

너를 사랑하나 봐!

안부를 묻는 너의 문자에
왜 이렇게 설레는 걸까?

좋아한다는 말도 아닌데
보고 싶다는 말도 아닌데
보고 또 보고…

안부를 묻는 너의 문자에
아무것도 생각이 나지 않아
오직 너 밖에…

너를 생각하면
함께한 소소한 일들이
핑크빛 세상으로 물들이고
가슴은 뜨겁게 두근거려

너를 생각하면
보고 싶고…
그립고…

아무래도 너를 사랑하나 봐!

너에게 쓰는 편지

세상에서 가장 아름다운 말로
너에게 편지를 쓰고 싶다

사랑한다는 말보다
더 사랑스러운 말로

설렘으로 터질 것 같은 마음 담아
너에게 기쁨으로 안기고 싶다

무슨 말을 써야 할까…

온종일 한 줄도 쓰지 못하고
멍하니 하늘만 바라보다
구름 한 점에 띄운다

"너를 사랑해"

당신이 있음에 감사합니다

커피향 은은하게 퍼지는
햇살 고운 아침
당신과 마주할 수 있음에 감사합니다

가슴 터놓고 이야기할 수 있는
당신이 있어 감사하고
작은 기쁨에 함께 웃고
작은 아픔에 함께 슬퍼하는
당신이 있어
오늘도 작은 행복 안고 시작하는
이 아침이 감사하기만 합니다

당신 생각에 빙그레 웃게 되고
목마름에 촉촉이 목을 축여주는
오아시스 같은 당신이 있어 감사합니다

당신 눈짓 하나에
발그레한 두 볼을
손으로 감싸보지만

당신 손짓 하나에
설렘으로 요동치는 가슴에
꺼져가는 사랑의 불씨를 지피는
당신 향한 마음은 감출 수가 없네요

그런 당신이 있음에
요즘은 하루하루가 감사하고
행복하기만 합니다.

행복을 주는 사람

눈빛만 보아도
기쁜지 슬픈지
마음을 읽어내리는 사람

목소리만 들어도
기분이 좋은지
어디가 아픈지
마음의 위안을 주는 사람

불현듯 찾아오는
외로움에 그늘진 마음
포근한 눈빛으로 보듬으며
따뜻한 가슴을 내어주는
마음이 착한 사람

기쁠 때 함박웃음으로 함께 하고
시린 가슴 포근한 사랑으로
한쪽 어깨를 내어주는 그런 사람

언제나
오롯이 내 곁에 머물러
온화한 미소로 행복을 주는 사람

그 사람이 바로 당신입니다.

3부
슬픈 음악 같은 그리움

흩어지는 구름 자락에
매달리는 아련한 그리움을
푸른 하늘에 띄워놓고
바람이 부는 대로 춤을 추리

슬픈 음악이 끝날 때까지…

고독

혈관에 스멀스멀
아프다!
소용돌이치는 외로움

나, 잊고자 합니다
나, 지우려 합니다

슬픔을 다독이며
괜찮아!
애써 웃음 지어도
손사래 치며
숨죽여 흐느끼는 빈 가슴

슬픈 음악 같은 그리움

슬픈 음악이 흐르는 날에는
그리움이 저며오는 선율에
고장이 난 심장이
소리 없이 울고 있다

살갗에 닿는 따스한 햇살에
애련한 마음 살포시 기대어
바라보는 푸른 하늘은
가슴이 시리도록 아름답구나!

흩어지는 구름 자락에
매달리는 아련한 그리움을
푸른 하늘에 띄워놓고
바람이 부는 대로 춤을 추리

슬픈 음악이 끝날 때까지…

따뜻한 커피 한 잔

마음 열어놓고
이런저런 사는 이야기 나누고 싶은
사람이 그리워지는 날이 있습니다

연락 없이 찾아가도
환한 얼굴로 반겨주는
사람이 그리워지는 날이 있습니다

향기로운 커피향 가득 담고
흘러나오는 음악을
말없이 함께 듣고 있어도 좋을
사람이 그리워지는 날이 있습니다

괜스레
가슴을 파고드는 쓸쓸한 마음
따뜻한 커피 한 잔 나눌 사람이 그리워
전화기를 만지작거려보아도
그 누구에게도
머물지 않는 마음

손끝을 타고 가슴으로 퍼지는
따뜻한 커피 한 잔에
공허한 마음 살포시 놓아봅니다.

가을빛 그리움

햇살이 퍼지는 가을 들녘은
황금빛으로 넘실거리고
희미한 추억 속으로
갈 바람이 스칩니다

길가에 곱게 핀 들꽃이
갈 바람에 한들한들
가을빛에 물들고
내 가슴엔 그리움으로 물듭니다

바람에 뒹구는
길 잃은 낙엽은
알 수 없는 외로움으로
가슴을 울리고

무시로 찾아드는 그리움은
가슴 설레는 맑은 그리움으로
때로는
가슴 아린 애달픈 그리움으로
갈 바람이 흔들어 놓은 마음
가을빛 그리움이 쌓여만 갑니다.

장미의 기다림

장미꽃 활짝 피워놓고
어여쁜 미소로
기다리는 마음을 알까요

붉게 타오르는 꽃잎에
기다리는 마음 곱게 물들이면
그대 오시려나요

기울어가는 장밋빛 석양에
발그레해진 수줍은 얼굴로
그대 오실 것 같아
뛰는 가슴 어찌할까요

달콤한 향기 바람에 날리면
향기 따라 그대 오시려나요

꽃잎에 겹겹이 사랑을 담고
기다리는 행복한 마음을
그대는 알까요

해바라기

여명이 눈 부신 빛을 발하면
기다림은 설렘으로 떨립니다

뜨겁게 내리쬐는
태양을 온전히 받으며

혹여
다정한 눈길 주시려나
까맣게 타들어 가는 가슴 안고
환하게 웃고 있는 애틋한 마음

똑딱거리는 시침은
서산에 걸리어 노을 지고
그대를 바라보는 두 눈엔
달빛이 젖어옵니다

찬 이슬 지그시 머금고
아스라이 멀어져가는
별 헤는 해바라기 마음을
그대는 아시려나요

사랑 그 그리움

사랑했다는 말은
하지 않으렵니다

그리움에 아파하며
잊으려 하면 할수록
또렷해지는 그대를
아직도 사랑하나 봅니다

깊은 밤 잠 못 들고
그리움에 흔들리는
별빛 눈물 속에
떠오르는 그대는

그리움에 몸부림치는
내 아픔입니다

사랑하며 살고 싶은
내 사랑입니다

그리운 사람아

보고 싶다 말하면
그리운 사람아

그립다 말하면
가슴에 아리는 사람아

그대를 잊으려 눈 감으면
그리움으로 피어나는
보고 싶은 사람아

어스름한 해 질 녘
보드랍게 감도는 바람은
그대 고운 숨결인가

보고 싶다
보고 싶다
그리운 나의 사람아

가을 뒤안길에 핀 장미

그리움 붉게 채색해 놓은
아름드리나무에 매달려
추억을 끄적이며 떠나는
가을 뒤안길에

요염한 눈빛으로
뭇사람의 발길을 붙잡는
오월 햇살에 퍼지는
설렘의 향기는 어디 가고

따스한 봄날의 가슴 뛰는
황홀한 사랑의 잔영인가

한 여름날의 이루지 못한
사랑의 애달픔인가

붉은 입술, 청초한 얼굴로
스산한 바람에 흩날리는
낙엽비 맞으며 초연히
가을과 이별을 하고 있다

떨어지는 낙엽

가을 햇살이
한 줌 뿌려놓은 금빛가루
바람이 물어다
선홍빛으로 물들였나

가을의 끝자락에 매달려
붉게 타오르는 열병을 앓다
메말라 버린 가슴
허공을 맴돌며
세월에 밀려 떨어지네

뜨거운 뙤약볕 아래
초록향기 가지마다 걸어놓고
아낌없는 마음으로
뭇사람의 쉼이 되어준 너는

온몸 불살라
그리움 한 조각 남기고
가을과 이별을 하고 있구나!

추억

추억이 하나둘
그리움이 하나둘

빛바랜 세월에
차곡차곡 쌓여만 가는
그대 그리움

가끔
살며시 내 가슴에 들어와
가슴 뛰게 하는 그대

몰래 간직한
추억 속의 그대는
행복한 그리움

별이 속삭여요

어둠이 내리는
하늘 바다에
은빛 물결 일렁이고

슬픈 일일랑
기억 저편에
꼬깃꼬깃 접어두고

기쁜 일일랑
곱게 펴서
마음 밭에 웃음꽃 피우라고

어둠을 삼켜버린 별 하나
내 마음에 들어와 속삭여요

친구야 그립다

친구야 그립다
잘 지내고 있는지

생각나니?
풀밭을 헤치며
네잎 클로버를 찾아
책갈피에 꽂아두던 그 날을

향긋한 풀내음 베개 삼아
푸른 하늘을 바라보며
흘러가는 뭉게구름에
하나둘 꿈을 그려보던 그 날을

순수했던
우리들의 이야기는
생생하기만 한데

삶이라는 굴레에 허덕이며
긴 시간 서로 잊고 살게 될 줄
그땐 왜 몰랐을까

해가 갈수록
나이가 들수록
난 네가 참 그립다

어디에 있든 너와 난
함께 웃고
함께 추억을 곱씹으며
서로 그리워하고
행복을 바라고 있을 거야

보고 싶다
그리운 친구야

그리운 그대는

그리운 그대 생각에
잠 못 이루고 뒤척이다
그리움에 지쳐
녹초가 되어버린
어둠이 내리는 밤을
그대는 알고 계실까요

그대가 못 견디게
그리워지는 날이 오면
두근거리는 가슴 안고
그대와 거닐던 그 길을
홀로 걷는 이 마음을
그대는 아실까요

까만 밤 그리움으로 물들이고
보고 싶은 이내 마음
그대를 애달프게 부르는데
그대는 들리시나요

그대를 향한 그리움은
멈출 줄 모르고
살며시 감겨오는 바람 되어
가슴속에 촉촉이 젖어듭니다

너는 술

보고 싶다
사랑이 징징거리게 하는
너

못 견디게 그립다
외로움이 안달복달하게 하는
너

눈동자에 세상 시름
뿌옇게 내려앉아
이슬 맺히게 하는
너

채울 수 없는 욕심 덩어리
가슴을 후비며
괴로움에 취하게 하는
너는
·
·
·

"술"

가을 기다림

푸른 물 뚝뚝
떨구어지는 쪽빛 하늘에

그대 그리움 품은
뭉게구름 한 점
하얗게 찍어놓고

시리도록
맑은 빛으로 오실 그대를
손꼽아 기다립니다

그대 오시는 길목에
따사로운 햇살
사뿐히 뿌려놓고

가을바람의 향기로
온몸을 감돌며 오실 그대를
살며시
가슴으로 안으렵니다

추억의 찹쌀떡

"찹쌀~떡~"
"찹쌀~떡~"

밤공기를 가르며
멀리서 들려오는
감칠맛 나는 소리

두 귀를 쫑긋 세우고
말초 신경을 곤두세워도
뭔가 서운한 듯이 들려온다

그래!
메밀묵!

찬 바람이 휘~잉 부는
추운 겨울밤이면

골목을 휘돌며 들려오던
찹쌀떡 장사의 구성진 노랫가락

"찹쌀~떡~메밀~묵~"

켜켜이 쌓인 겨울밤의 추억이
차가운 도시를 정겹게 배회한다

유년의 그 겨울

그 겨울은 눈이 많이 내렸다

무릎까지 쌓인 눈
발을 내딛기조차 힘겨운
도시의 아이에겐
마냥 즐거웠던 그 겨울

아버지 손을 잡고
설꽃 수놓은 고개를 넘고
눈밭을 헤치고 마주한 마을은
나른한 봄날의 아지랑이를 피우고 있었다

외지에서 온 아이가 궁금해
사립문을 기웃거리는
호기심 가득찬 눈망울

꽁꽁 얼어붙은 논밭 위에
언 손을 호호 불며
썰매를 타고 어설픈 팽이치기에
낯선 만남은
함박웃음으로 한바탕 어우러진다

해 질 무렵이면
모락모락 밥 짓는 연기 피어오르고
아이들의 웃음소리는 바람에 흩어져
논밭엔 적막이 흐른다

해가 지고 달이 차오르면
그 겨울 그 마을은
눈처럼 별이 쏟아져 내리고
유년의 별 하나
그리움으로 기억에 머문다.

나목의 기다림

눈 속에 묻힌
핏기없는 나뭇잎이
애처로운 몸짓으로
기다리라 합니다

찬바람 부는 휑한 거리에
홀로 남겨진 아린 마음
따스한 햇볕이 기다림과 동행하고

별들마저 잠든
견딜 수 없는 외로움의 속울음
하얀 눈이 내려와 포근히 다독이는 밤

삭풍이 불어도 아랑곳하지 않고
나신을 드러낸 나목은
따스한 가슴으로 다시 오실
임을 묵묵히 기다립니다

이별은 언제나 그러하듯

낯선 곳에서 낯선 사람들 속에서
고운 미소로 아침향기 나누는
마음 착한 사람과의 이별 앞에서
가슴이 먹먹하다

해맑은 웃음 뒤에 씁쓸함을
애써 감추며 이별을 맞이한다

진실한 마음이 알알이 맺힌 가슴엔
얼마큼 만났는지는 숫자에 불과한 것
함께 웃고, 함께 호흡했던 시간이
주마등처럼 가슴을 휘젓는다

촉촉한 눈망울엔 슬픔이
조금 더 잘해줄 걸
조금 더 따뜻하게 보듬어줄 걸
아쉽고 미안한 마음
뭉클함이 가슴을 저민다

이별의 슬픔은
시간의 물결을 타고 흘러 흘러
아련히 떠오르는 슬픔으로
기억 저편에 머무르겠지.

당신에게 전화를 걸었습니다

햇살이 너무나 고와
올려다본 하늘에
당신의 얼굴이 아른거려
망설이다 전화를 걸었습니다

수화기 너머로 전해지는
당신의 작은 숨소리에
심장이 붉게 떨려옵니다

가슴에 담아둔 말을 못하고
겉도는 안부만 되묻습니다

혹여,
당신의 마음 멀어지게 될까 봐
내 마음 아프게 될까 봐

내 머릿속에 메모리가
고장이 났나 봅니다

비 내리는 밤이면

어둠을 뚫고
후드득후드득 빗방울 소리에
잠 못 이루고 깊어지는 허전함

미련 때문일까
그리움 때문일까

미련이라면
내리는 빗물에 흘려보내련만

그리움이라면
가슴에 묻어두고
그리워지고 보고 싶을 때
촉촉이 내리는 비에 젖어보련만

기약 없는 기다림
외면할 수 없는 그리움
비 내리는 밤이면
허전한 마음 가실 줄 모르고
어두운 허공만 바라볼 뿐

눈 내리는 날에 마시는 커피 한 잔

해 질 무렵 눈이 온다는 소리에
창가에 서서 눈 내리는
몽환의 도시를 바라봅니다

어디선가
향긋한 커피 향기가 퍼져옵니다

커피 향기에 당신의 향기가 더해져
눈 내리는 창가에 앉아
함께 나누고 싶은 마음은
눈송이처럼 커져만 가네요

당장에라도
당신에게 달려가고 싶은
간절한 마음 담은
향기로운 커피 한 잔에

당신을 향한 보고 싶음 한 스푼
당신을 향한 나의 사랑 듬뿍 타서
행복으로 마십니다

커피잔을 감싸 안은 손으로 전해지는
따스한 당신의 손길에
마음은 포근해지고

눈 내리는 날
당신을 생각하며 마시는
커피 한 잔은 달콤하기만 합니다.

오늘처럼 비 오는 날엔

오늘처럼 비 오는 날엔
가슴 한편에 외로움이
누군가 그립게 하고
누군가 찾아 헤매게 한다

비 내리는 창가에 기대여
모락모락 피어오르는 쌉싸름한 커피 한 잔에
가슴 깊이 꿈틀거리는 외로움을 달래보지만
누군가와 함께하고 싶은 마음은
달랠 길이 없다

누군가와 함께할 수 있다면
조용한 음악이 흐르는 고즈넉한 찻집에서
유리창에 부딪히는 빗방울을 바라보며
따뜻한 차 한잔이어도 좋고
사람 냄새 물씬 풍기는
왁자지껄한 선술집에서
알싸한 막걸리 한잔이어도 좋다

그 누군가가
그리운 그 사람이라면 더욱 좋으리

4부

향기로운 마음

그 고운 입술로 험담하지 마요
시기심, 질투심의 말은
가시 돋친 꽃을 피우고

상냥하고 부드러운 말은
향기로운 꽃을 피워요

그대의 마음 소리

갈길 잃고 헤매는
허허로운 가슴은 애잔하게 울고
웃음 띤 얼굴은 창백한 그대여

겹겹이 치장한 허울을
한올 한올 벗어놓고
따사로운 햇살 빛으로
가득 채워보세요

버거운 삶을 잠시 내려놓고
꿈의 날개를 활짝 펴고
푸른 하늘을 날아보세요

은비늘 반짝이는
잔잔한 에메랄드 바다를
나긋나긋이 노 저으며
노닐어 보세요

진정 그대는
누구를 위해 존재하는지
마음의 소리를 들어보세요

세월에 지는 꽃

따뜻한 봄볕 사랑으로
몽우리 꽃 피우는
화려한 봄날의 짧은 생(生)

수줍은 하얀 속살
타오르는 열정 토해내어
붉은 입술, 농염한 자태로
바람 부는 세상 유혹하고

지는 꽃 자리에
싱그러운 햇살 한입 베어 문
초록 잎 곱게 수놓고 웃음 짓는
아낌없이 주는 꽃이여

혼신을 불사르고 지는 노을에
초라한 뒷모습으로 떠나는
화려한 봄날의 짧은 생(生)
뒤돌아보며 눈물짓지 마요

세월에 꽃이 진다고
슬퍼하지 마요

꽃잎에 새겨진 연가는
지지 않는 향기로 가슴에 머물러요

바다

너와 마주하는 그 순간
내 마음은 태평양이 되어
상념의 작은 배 띄우고 있다

너를 가슴으로 호흡하는 순간
짭조름한 내음 물씬 물고
심연의 바다에 잠이 든다

쏴아아~
밀려오는 지난날의 그리움
하얀 포말로 부서지고
눈물 자국 남기고
돌아서는 파도 소리에
눈시울 적시는 붉은 노을

달빛 흐르는 깊은 밤
홀로 깨어 은하수 물결 수놓아
텅 빈 가슴에 찬란히 빛나는
아침 바다를 선물한다

참 어렵다

참 어렵다
산다는 건
살아가야 한다는 건

참 어렵다
슬퍼도 참아야 하는 순간
슬퍼도 삼켜야 하는 눈물
슬퍼도 웃어야 하는 인생

해맑은 눈망울로
해맑은 마음으로
한 세상 품고 산다는 건
참 어렵다 하여도

칼바람에 베인 상처
훈풍 불면 새살이 돋아나기에
살아볼 만한 인생이 아니겠는가

하늘을 보렴

힘이 들면 하늘을 보렴
캄캄한 밤하늘에 아침은 오고
먹구름이 걷히면
해님이 방긋 웃고 있잖니

가슴이 아려오면 하늘을 보렴
쏟아지는 햇살에 살며시 눈을 감고
엄마 품에 잠든 아이처럼
따뜻한 빛살에 기대어 보렴

고독이 눈시울 적시면 하늘을 보렴
하얀 조각배에 떠도는 마음 싣고
바람길 따라 유유히 항해하며
마음이 머무는 곳에 닻을 내려보렴

밤에 피는 꽃

붉게 물드는 하늘에
달무리 지는 까만 밤

무수히 쏟아지는
별들의 환영을 받으며
이슬 머금고 수줍은
청초한 낯빛으로

잠 못 드는 밤
화사한 미소의 향기로
지친 마음 위로해주는
너는
밤에 피는 꽃이어라.

촛불을 켭니다

지나온 삶의 흔적을
돌이켜 보노라니

꿈결 같은 순간은 어디 가고
삶의 언저리에
회한만 서리고 있구나

되돌아갈 수 없는 삶이기에
그 자리에 머물 수 없기에

한 걸음 나아가면
두 걸음 뒷걸음질 치는
삶일지라도

거부할 수 없는 현실에
자유를 갈망하는
갇힌 마음의 몸부림이
힘들게 할지라도

촛불을 켜고
삶의 끝자리에
반기는 이 누구인지

험난한 길도 서슴지 않고
기꺼운 마음으로 가렵니다

우리의 인연

만나고 헤어지는 사람들
우린 인연이라 하죠

오랜 친구 같은 첫 끌림으로
허물없이 다가오는 인연에
속마음을 털어놓아도 좋을
진실한 인연이 되기도 하고

지울 수 없는
마음에 상처를 남기는
인연이 되기도 하지요

첫인상, 첫 느낌으로는
인연의 깊이를
알 수 없기 때문입니다

우리의 인연은
기쁜 일, 슬픈 일
함께 나누는 따뜻함으로

웃음이 늘 곁에 머무는
사시사철 은은한 꽃향기로 가득한
인연이었으면 합니다

별이 되어

어둠이 짙게 드리워진
그대 가슴에
찬란히 빛나는
하나의 별이 되어

길을 잃고 서성이는
그대에게
길을 밝히는
등불이 되리라

슬픔으로 물들인
그대 가슴에
밝은 별이 되어
슬픔의 그림자 지우리

그대 가슴에
마음을 밝히는
한 줄기 별빛 되어
어둠은 사라지고

그대 가슴에
햇살 품은 별이 되어
눈부신 미소로 빛나고 있으리

봄날의 독백

고운 햇살 퍼지는 거리에
발끝에 부서지는 빛살마다
싱그러운 젊음으로 가득하다

스치는 쇼윈도에
빛바랜 볼품 없는 모습

참… 많이 늙었구나!

마음은 꽃이 피면 설레고
여린 꽃잎에 그리움을
아름다운 삶을 꿈꾸며

꽃잎에 하나, 둘
기쁨을 채색하고
행복을 채우며
부풀어 오르는 핑크빛 사랑

초록 물결 넘실대는
그날을 기다리며
찬 바람에 파르르 떠는 나무
묵묵히 새 옷을 준비하듯

가끔은
슬픔의 눈물방울 떨구고
부딪기며 살아가는 인생 여정

꽃은 피고 지고 또 피어나듯이
시들어 가는 고목에도
봄날이 오면 꽃은 피려나

아침 길

영롱한 아침 햇살에
세상은 기지개를 켜고
가슴에 희망을 안고 길을 나선다

인사 나눈 적은 없어도
날마다 만나지는 사람들이
반가운 아침 길

햇살 향기 퍼지는
분주한 거리에
긴긴 밤 달빛 품은
찬이슬 맞으며
피어나고 또 피어나

나무는 쉬어가라 그늘이 되고
가녀린 꽃은 화사한 미소로
방긋이 아침을 반기듯

새롭게 피어나는
하루가 되길 소망하며
나의 마음 밭에
사랑의 씨앗을 뿌립니다

우리, 이랬으면 좋겠습니다

아침에 눈을 뜨면
서로의 안부를 묻는
너와 나, 우리였으면 좋겠습니다

서로 다른 꿈을 품고
소중한 인연으로 만난 너와 나
같은 곳을 바라보려 마음 쓰는
우리였으면 해요

마음에 들지 않아도
탓하기보다는 따뜻한 눈길로
서로의 마음에 귀 기울이고

힘들고 지쳐있을 때
부드러운 미소로
살포시 마음을 토닥여 주며

봄, 여름, 가을, 겨울
마음의 꽃밭에 물을 주어
좋은 사람의 향기 피어 올리는
너와 나, 우리였으면 좋겠습니다

향기로운 마음

그 고운 얼굴 찌푸리지 마요
머—언 훗날
거울에 비칠 얼굴을 상상해 보세요

그 고운 입술로 험담하지 마요
시기심, 질투심의 말은
가시 돋친 꽃을 피우고

상냥하고 부드러운 말은
향기로운 꽃을 피워요

부정적인 말로 기운 빼지 마요
긍정적인 말은 샛별보다 빛나고
가슴엔 희망의 별이 뜬답니다

따뜻한 말 한마디는
상처 입은 마음을 어루만져 주고
살아갈 용기를 주기도 해요

진심 어린 말 한마디는
누군가에게는
기쁨이 되고 행복이 되기도 해요

언제나
아름다운 언어로 좋은 말을 하며
향기로운 마음으로 살았으면 해요.

꽃

세상에 아름답지 않은
꽃이 있으랴

화려한 꽃은 화려한 대로
수수한 꽃은 수수한 대로
단아한 꽃은 단아한 대로

시골 담장 아래 피어있는
작은 풀꽃은 앙증맞은 대로

발길 닿지 않는 돌 틈에
이름없는 꽃은 외로운 대로

그들만의 향기로
그들만의 춤사위로
그대로의 속삭임으로

오롯이 피어나
사랑하는 이의 가슴에
가난한 이의 가슴에
슬픈 이의 가슴에
살갑게 안기는 꽃

어느 것 하나
아프지 않고 피는 꽃은 없으리라

붉은 포도주 한 잔

원하는 대로
삶이 살아진다면 좋으련만

어느 것 하나
그냥
주어지지 않는 삶인 것을

견디기 힘든 시련도
이겨내기 힘든 아픔도
때가 되면
세월의 바람에 흩어지는 것을

세상사
순리대로 살아야 함을
모르지 않거늘

삶의 갈림길에서
흔들리는 마음

파르르 떨리는 입술
붉게 물들이며

농익은
붉은 포도주 한 잔에
삶의 시름 달래보누나

살다 보면

살다 보면
향기로운 꽃길을 거닐 때도 있고
가시 돋친 길을 거닐 때도 있더이다

시련의 아픔을 겪으며
절망의 회오리에 휘청일 때도 있고
가슴 씁쓸함에 헛웃음 칠 때도 있더이다

살다 보면
가슴은 슬피 울고
얼굴은 미소를 지어 보일 때도 있더군요

삶은
끝없이 갈증을 느끼고
목마름의 샘물을 찾아
세월의 바람에 순응하며
순리대로 살아가야 하는 것을

화려한 겉치장으로 꾸며본들
내면에 흐르는
본연의 모습은 숨길 수가 없음을
살다 보면 알게 되더이다

세상살이 버거워도
깊고 깊은 어둠이 걷히면
찬란한 아침 햇살이 빛나고

끝이 보이지 않는 어둡고 긴 터널을
한 줄기 빛을 따라 묵묵히 가다 보면
밝은 세상을 만나게 됨을 알게 되더이다

살다 보면
가진 게 많고 적음은
편함과 불편함이 있을 뿐
행복은 마음가짐이더군요

마음을 비우고 채우며
내 것이 아닌 것에 연연하지 않고
있는 그대로 세상을 보고
있는 그대로 나 자신을 사랑하고

작은 것에 감사하며
소중히 여기고 살다 보면
평온이 깃드는 날들이 많아지겠지요.

밤에 피는 꽃 2

햇살에 빛나는 꽃으로
피어나고 싶은
소망이 있습니다

아름다운 꽃으로 피어나
뭇사람의 사랑을 받고 싶은
달콤한 꿈을 꿉니다

화려한 꽃그늘에 가리어
침묵하는 꽃망울의
간절한 기다림은

꽃잠 이루지 못하고
시름시름 앓는 꽃잎 눈물로
길 잃은 고독한 영혼에
등불을 밝히며

달빛 아래 이슬 먹고
오롯이 피어나는
희망을 품습니다.

인생의 술잔

한 잔 술에 목을 축이고
또 한 잔에 가슴을 적시고
마지막 한 잔에 삶에 애환 깨운다

즐거움의 안주를 곁들이면
무릉도원(武陵桃源)이오

괴로움의 안주를 곁들이면
비몽사몽 짙은 안갯속이라

술을 알고 나를 알고
술잔에 희비애락(喜悲哀樂)
떨구어 놓고
가는 걸음 멈칫하게 하는
인생의 술 한 잔

비 내리는 창가에서

무슨 사연 하늘에 닿았기에
비를 내려주시나

초록 잎에 겹겹이 쌓인
애달픈 사연 씻어내리려나
풀잎에 맺힌 미련 씻어내리려나
쏟아지는 빗줄기는
이리저리 마음을 헤집고 다닌다

희뿌연 빗속을 걷는
다정한 연인의 걸음마다
사랑의 선율로 톡톡 튕기는
빗방울의 향연
첫사랑의 달콤한 꿈을 꾸어본다

비는 그리움으로
외로움을 가슴에 부르지만

오늘은
사랑의 노래를 부르고 싶다
사랑의 시를 읊고 싶다
비 내리는 창가에서

이름 모를 꽃

돌 틈 사이로 보일 듯 말듯
북풍한설(北風寒雪) 견디고
하얗게 피어나는 이름 모를 꽃

무심히 지나치는 발길에
마음 아파했을 이름 모를 꽃

어쩌다 스치는 눈길에
하얀 꽃잎 설렘으로
붉어졌을 이름 모를 꽃

봄바람이 살랑살랑 불어오면
곱게 단장하고 수줍은 미소로
보아달라 손짓하네

작고 가녀린 몸으로
찬이슬 머금고
봄 향기 따라 찾아오실
임을 기다리네

방황

창문이 덜컹덜컹
바람이 부는가보다
하늘거리는 커튼 사이로
눈부신 따사로운 햇살
얼마쯤 지났을까

부시시 눈을 뜨면 오늘이 오고
거리에 어둠이 물들이면
내일이 오겠지

길 잃은 한 마리 새처럼
멍하니 방안을 서성이다
주섬주섬 무작정 길을 나선다

저마다 삶에 희로애락 품고
바쁘게 오가는 행인들
그들은 무슨 사연 안고
어디로 가는 걸까

한가로운 거리 풍경 속에
나 홀로 덩그러니 서 있는
형언할 수 없는 외로움

고장이 난 수도꼭지처럼
똑똑 떨어지는 눈물방울
빈 가슴에 숨겨두고
어디를 가야 하나

또다시 어둠이 물들이면
텅 빈 거리엔 쓸쓸히 가로등만
허전한 마음 달래주겠지

지하철

눈이라도 마주치면
느낌 없는 표정으로
시선은 딴청을 피운다

눈 감고 상념에 잠긴 사람
책 속에 매료된 사람
스마트폰에 심취한 사람
광고 문구를 응시하는 사람

누가 어디서 타고
누가 어디서 내리는지
어느 역을 스치는지

무심한 듯 무심하지 않은
들리지 않는 듯 듣고 있는
보이지 않은 듯 보고 있는

역마다 셀 수 없는
사연 보따리를 풀었다 동여매며
공허한 터널을 달리는 지하철은
오늘도
한 편의 무언극을 쓴다

한 마리 새가 되어

나는 한 마리 새가 되어
푸른 하늘을 훨훨 날고 싶어라

산마루에 우뚝 서 있는
푸름이 무성한 나무에 앉아
산 아래 옹기종기 한 점이 된
빌딩 숲을 바라보고 싶어라

나는 한 마리 새가 되어
하늘과 땅이 맞닿은 그곳으로
끝 모를 깊고 푸른 물결
붉은 태양 뚝 떨어지는
수평선 너머로 날아가고 싶어라

꽃이 피면 꽃향기 따라
낙엽 지고 눈 내리면
눈 위에 둥지를 틀고
새봄을 기다리는
나는 한 마리 새가 되리라

좋은 인연으로 다가온 사람

봄 향기 타고
아지랑이 피어오르는
또 하나의 인연으로
내 마음에 아롱지는 한 사람

그 사람을 생각하면
지치고 힘들었던 마음
새털처럼 가벼워지고
구름 위를 걷는 기분입니다

그 사람을 생각하면
콧노래를 흥얼거리고
꽃잎에 나풀나풀 춤추는 나비처럼
마냥 기분이 좋아집니다

꾸밈없는 소탈한 모습으로
차 한 잔 편히 나눌 수 있는
좋은 인연으로 만난 그 사람은
나의 마음 행복입니다

마음 편한 그 사람과
세월이 흐르고 흘러
첫 만남의 풋풋함이
농익은 좋은 인연으로
열매 맺길 소망합니다

깊어가는 가을 마음

내 마음 나도 모르는데
내 마음 온전히 알아주는
그런 사람 있으랴

심장을 짓누르는
허허로운 이 마음
무엇으로 달래 줄 수 있으랴

유난히 눈 부신 햇살에
너덜너덜해진 마음
따스한 온기 불어넣고

붉은 그리움이 물드는
슬프도록 아름다운
가을 정취에 취해

발길이 머무는 그곳으로
바람이 멈추는 그곳으로
마음이 닿는 그곳으로

그냥 그렇게 가을과 동행하면
이토록 헤매는 이 마음을
알게 되려나

가끔은
그렇게 살고 싶다

임숙희 시집

초판 1쇄 : 2015년 6월 12일

지 은 이 : 임숙희

펴 낸 이 : 김락호

디자인 편집 : 한지나

기 획 : 시사랑음악사랑

인 쇄 : 청룡

연 락 처 : 1899-1341

홈페이지 주소 : www.poemmusic.net

E-Mail : poemarts@hanmail.net

정가 : 10,000원

ISBN : 979-11-86373-07-1